C'est bon!

DeMar Reggier

Illustrations de David Austin Clar

Texte français d'Ann Lamontagne

Éditions

Catalogage avant publication de Bibliothèque et Archives Canada

Reggier, DeMar, 1928-
C'est bon! / DeMar Reggier ; illustrations de David Austin Clar ;
texte français d'Ann Lamontagne.

(Je veux lire)
Traduction de: Good food.
Public cible: Pour les 3-6 ans.

ISBN 978-0-545-98747-9

I. Clar, David Austin II. Lamontagne, Ann III.
Titre. IV. Collection.

PZ23.R443Ce 2009   j813'.6   C2008-906709-6

Édition publiée par les Éditions Scholastic, 604, rue King Ouest, Toronto (Ontario) M5V 1E1.

5 4 3 2 1   Imprimé au Canada   09 10 11 12 13

Sources Mixtes
Groupe de produits issu de forêts bien
gérées et d'autres sources contrôlées.
www.fsc.org Cert no. SGS-COC-003098
© 1996 Forest Stewardship Council
FSC

Note à l'intention des parents et des enseignants

Dès que l'enfant sait reconnaître les 58 mots utilisés
pour raconter cette histoire, il peut lire le livre en entier.
Ces 58 mots apparaissent tout au long de l'histoire pour que
les jeunes lecteurs puissent facilement les retrouver
et comprendre leur signification.

à	des	la	prend
acheter	dinde	lait	prends
aime	dit	lave	préparons
aliments	du	le	que
aller	eau	les	quel
au	en	légumes	repas
avec	épicerie	maman	rouges
avons	est	mettons	s'il te plaît
bon	faire	noix	supermarché
bons	faut	notre	souper
bouche	fèves	nous	tomates
choisir	four	papa	une
choisis	fromage	pour	verts
choisit	il	pouvons	veux
de	je		

J'aime faire l'épicerie avec papa.

Papa dit qu'il faut
choisir de bons aliments.

Papa choisit des légumes verts.

Je choisis des tomates rouges.

Papa aime les noix.

J'aime les fèves.

Papa prend du fromage.

Je prends du lait.

Je veux une dinde. « Pouvons-nous
en acheter une, s'il te plaît? »

J'aime aller
au supermarché avec papa.

« Préparons le souper pour maman »,
dit papa.

Nous mettons la dinde au four.

Je lave les tomates.
Papa lave les légumes verts.

Nous avons l'eau
à la bouche.
Quel bon repas!

JE VEUX LIRE